KB259866

나는 아직 날개를 접지 않는다

임지현시집
나는 아직 날개를 접지 않는다

초판 1쇄 찍은날/2001년 5월 25일
초판 1쇄 펴낸날/2001년 5월 30일
지은이/ 임지현
펴낸이/ 김영재
펴낸곳/ 책만드는집
주   소/우121-888
        서울마포구합정동449-7 인옥빌딩202호
전   화/3142-1585
팩시밀리/336-8908
등   록/ 1994.1.13. 제10-927호

값/7,000원
ISBN 89-7944-128-2 (03810)

나는 아직 날개를 접지 않는다

임지현 시집

책만드는집

책머리에

추를 길게 늘어뜨리지 않아도 끝 모르게 톱니바퀴는 돈다. 소중하게 주어진 날들을 서서히 내주면서 다시 주워담을 수 없는 삶의 부스러기들을 투망질해 보았다.

길길이 쌓이는 눈발을 지켜보면서 내 하고 싶은 말들도 저렇듯 길길이 쌓여 가는데 몇 십분의 일도 풀어 내지 못한 언어의 미진함들을 모아 제 4시집으로 엮는다.

2001년 5월

임 지 현

차례

1. 옹기집에 내리는 비

2. 빛살을 주으면

3. 더듬거리는 동안

4. 갯지렁이 지나간 얼룩

5. 안개 속의 형상들

6. 시를 위한 산문

1. 옹기집에 내리는 비

채석강에서

퇴적암이
수 만 권 책을 쌓았다.
단층 하단에
깊이 모를 내용을 안고 노는 물살
노을이 지면
물 위에 뜨는 달 건지어
술잔에 담아
몇 모금의 소주도 걸친다.
중생대에서 백악기를 얼큰하게
거슬러 올라가
타임 캡슐 안에 갇히고 싶다.
7천만 권 책갈피에
흑갈색 글씨 새겨 넣고 싶다.
곳곳에 뚫린 동굴자리 비교하면
흔적도 없을 이 목숨
석회질의 일부로 쌓이고 싶다.

굴뚝

천 길 벼랑 위에서
먼 날을 건너 뛴다.

혀를 널름이던 아슬아슬한 날들이
뛰어 넘을 수 없는 벽 아래
까맣게 가라앉고
마음 데워주던 이도 없는 날
온 몸의 진액 말리며
봄은 오고 갔다.

뿌옇게 열린 하늘에
유년의 징검다리 걸어놓고
황사 바람 같은 날이 이어졌다.
그날이 그날같은 날이 싫어
꼭꼭 문걸어 잠궈도
유리 틈새로 고여오는 기억의 빈 잔
지지고 볶으다 만 연기가
새까만 굴뚝으로 오르고 있다.

운주사의 불상들

순간을 찍어내
영원을 새기고 싶었다.

망치와 정(釘)으로
용암의 모양새를 바꾸어
백팔번뇌의 날개를 달아 냈다.

백의의 얼 담아 내기 위해
조금씩 조금씩 새겨가는
조선의 무명바지와
조선의 무명치마

널린 바위마다
웃고 우는 것 다 비워
선 대로 앉은 대로 누워있는 대로
우리네 마음을 담은 부처의 얼굴
새잎 돋아나는 봄날에도
숲의 여름날에도

잎진 가을과
겨울을 자유롭게 덮어 두고

온 산 구석구석마다
손 끝의 온 힘으로
칠 팔백년 전을 뛰어가고 뛰어온다.

새벽 목멱산

안개를 닦아내는 먼동
수도 시민들이 투망질한다.
찬 공기 털고
풀들이 이슬 눈 뜰 때
나무와 나무 사이를
기어다니는 다람쥐

매미들은
알아들을 수 없는 품사로
더위를 부채질해
새벽을 밀어내고

자동차 클랙숀은
형용사로 끼어 와
동사 자리 차지하지만

까투리와 소쩍새는
목청껏 해를 띄워

송신탑 불을 끄고
솔방울 하나까지 주어 자리 내놓는다.

겨울 설악

세찬 눈발이
칼바람을 몰아 폭설로 쌓이고
산의 힘이 꼭꼭 여며져
오색약수와 아직 얼지않은 물
검은 것과 흰 것으로만 만들어진
산중턱에
한 개의 탑과 돌사자 있는 암자도 보인다.
물비늘 쪼는 새 한마리
위험한 능선과 능선 사이를 날은다.

신의 음모처럼
완벽하게 산을 덮는 눈발
갑절의 준비와 갑절의 마음가짐으로
빈손되어 선 나무가지들
신선한 충격으로 흐르던
깊은 계곡의 폭포는 꽁꽁 얼어
몇 달을 멈춤으로 있을 것이지만

몸 녹여 일어설 날
굳건히 입다물고 있다.

능선과 능선엔
햇볕 가린 안개구름들이
엉키다 떠나고 떠나다 엉키는
깎아지른 바위 틈
마른 풀뿌리까지
신령한 품안을 믿고
하늘이야 땅 아래로 내려오든 말든
겨울잠에 깊이 빠진다.

산행

— 산나물

쪼개진 바위 밟히는 자갈
가파른 숲 길 틈서리로
고사리, 개취나물, 원추리,
덤불 속 내다보며 눈꼽 따네.

솔바람에 실눈 뜨고
눈 비로
목마름 적셔가며
아지랭이 속에서 잔기침하네.

시간이 닳아지는 소리에
삶의 길이 달아내면서
억센 바람 싫다 않네.

쓸려오는 흙탕물에
잔뿌리 떠밀려도

밤이면 별 밭 이고 크는

저 억척스러움
가느다란 몸매 어디에 숨어 있을까.

여름 산행

아득한 날을 꺼내주는
산에 오르면
청정한 나무들의 숨 소리에
골 깊은 등성이.

세상 짐 잠시 부려놓고
든든한 산허리 배고 누으면
잎사귀들 햇볕 가려주고
찌르레기는 솔바람 불러온다.

수 만번 허물리는 바위
금간 틈새마다
속 깊은 이야기의 고삐를 풀고

낭떠러지 계곡 물은
구겨져 힘든 날을 노랫말로 펴준다.

늪 안개

손 끝마다 잡히던 가난과
얼버무리던 시간도 버려두고
슬픔만 담근다.
뒤채던 꿈자리엔
여의치 못한 바람만 늘고

빛 속의 빛은
그림자로 서성이다 만다.
알게 모르게
키 큰 상실의 벽은 높아
성능 좋은 기구로 허물어도
꿈쩍도 않아
고개 재껴 올려다 보면
침침한 안개만 휩싸여
안개 기둥 세운다.

서울 전철

서울의 목을 따다 제사 지내면
도시의 교통문제 해결될까.

덜컹거린 땅 속 오고 가면서
얼굴 없는 인형들을 싣고
몇 만톤의 전력을 배설한다.

환승역 아니어도
종이딱지에 시간을 재며
시민들의 발걸음 구제하기엔
표 먹는 기계가 위산과다.

숨 가쁜 계단 오르고 내리는 길을
곧 열차가 도착한다며
고막을 찢는 안내방송 따라
더운 바람 몰고 오는 고압선 전철.

차선(車線)

척추 한가운데를 쪼갠
왼쪽 어깨와 오른쪽 어깨
갈등이다.
한 생애를 흐트러짐 없이
한 몸에서 두 개의
다른 길을 달리고
달리다 다시 하나가 되는
뗄 수 없는 신경의 밧줄.
노란 중앙선 가슴, 두 개로 열어
두 개의 의식과
두 개의 배반이
날개 접지 못하는 몸살이다.

겨울 산 풍경

소리 감춘 산은
생나무 죽은 나무의 갈등을 다스린다.

흉내 낼 수 없는 것은
나무 끝에 매달고
하늘 활짝 여는 산은
화선지 위에 펼쳐진다.

살아 있는 산
살아 있는 숲
산새 소리 날아나온다.

생생하게 실감나는 산이다.
지금도 순간과 영원 섞인 숨소리 들리고
흰 물감 뿌려진 공간에
검은 빛이 내려앉는다.

높고 얕은 골짜기마다

봄이면 봄 소리
여름이면 여름 소리
가을이면 가을 소리로
커다란 백지를 깔아
눈내리는 세상을 준비한다.

한 폭으로 싱싱하게 살아 있는 산은
소리 감춰 숨 쉬는
겨울 산은.

옹기집에 내리는 비

새벽부터 옹기집에 내린 비
항아리 속이 강 속이네.

산꼭대기 골목마다 모인 빗방울들
여름 내내 땀내나는 땟물을 싣고
옹기집 토담 밑에 한데 몰리어
그 누구도 모를 아픔 둥둥 띄우네.

터널을 빠져나온 크작은 차들
오도가도 못한 채 작은 섬들이네.

모래 자갈 한데 엉켜 훑어내리니
흙탕물 옹기들이 아우성 치며
하늘 향해 누런 피를 토하네.

라스베가스의 인공 화산

미라지 호텔은
인공 호수 안에 인공 화산을 터뜨린다.
터지는 불길 치솟아
세계 곳곳 사람들의 마음을 꼬신다.
낮 한시부터 15분 간격으로
밤 열두시까지 불길이 솟는다.
한번 떠뜨릴 때마다
만불씩의 돈이 든다든가
라스베이가스 미라지호텔은
온갖 꾀를 짜내어
사람들을 끌어들인다.
불꽃 튀기는 노름판이다.

강변로를 달리며

강변 고속로를 달릴 때
초생달은
강 울음.

흘러 흘러
멈출 줄 모르는 강물.

물거품
하잘것 없는 우리 삶
이 강변로 달리나니
금강석 반짝이듯
강울음 우는 초생달.

작은 어부

목에까지 차는 장화를 신고
새벽을 깨워
서해 바닷물 건지어 올린다.

해종일 그물질로
식탁 위에 올려 놓은 생선 지느러미.

수고로움의 값을 셈하기엔
목에 걸리는 한조각의 연민이
늘 푸른 파도로
내 안에서 출렁인다.

2. 빛살을 주으면

귀뚜라미

수염으로 피리를 분다.
시간의 여울목 타고 와
찌는 열대야 더위 쫓아내겠다고
여름 문턱 소리로 넘는다.
기습적인 장마비의 칙칙한 습기 마다 않고
계절의 바퀴를 굴린다.
맥락없이 도는 사계(四季)의 틈 비집고
긴 톱날의 악기
마음껏 켠다 하늘까지 끌어올리며.

담배

살맛 나는 세상과 시궁창같은 세상에서

무명 손가락으로 조준되는

한 가치의 담배

순연한 연소를 위해

그이 생각의 깊이로 빠진다.

그이의 숨쉬는 심장을 거쳐

다시 태어나고픈 여유

라이타나 성냥불 댕기어

멋진 연기의 나라를 꿈꾸는 일이다.

서서히 타 들어가는 일상 너머와

일상 안에서

그이 안에 수없이 잠적하기 위해

온몸 다 타 재만 남아도

그이와 하나되기 위한

열망의 깊이다.

내시경의 눈으로

네 속가슴 만져보고 싶다.

우둘두툴한 마음에 낀 때를

벗겨주고 싶다.

새벽녘 맑은 공기같은 손으로

네 속 가득 채워주는 산소가 되고 싶다.

캔으로 포장된 인스턴트 식품이

위를 몹시 헐어놓고

중금속 찌꺼기가 쌓여

호흡까지 곤란한 네 위장(胃腸)

이전의 오염되지 않은

계곡의 맑은 네 물소리 듣고 싶다.

칠쟁이

도르레 타고
흔들리는 세상 내려다 본다.
아슬아슬한 생
한 손은 때 묻은 벽 닦아 내고
다른 한 손은 수성 페인트를 바른다.
날마다 보이는 벽과
보이지 않은 벽 사이를 오가며
땀 흘리는 이 짓이
힘든 세상 깨끗함으로
바꾸는 일이라고
혼신으로 밧줄에 매달려
색칠의 색칠로 덧칠을 한다.

퇴근 길

햇발이 빛을 몰고 달아나면
어둠을 태우는 전등을 켠다.

달팽이처럼
빈 집을 지키는 아내는
닳아진 치마폭에
종일 기워 줍던 포근함을 풀어
썰렁이 묻혀온 냉기를 털어주고

정성으로 데운 숭늉 대접에
화기(和氣)를 담아
온 집안을 빛으로 채운다.

이런 편안한 밤에는
희끄무레한 불빛 형광등도 끄고 싶지 않아
밤이 깊도록
하루가 넉넉하다.

팽개쳐진 사람

삭아버린 햇볕
비닐 가방에 쑤셔넣고
길바닥에 주저앉아
히죽이는 사람아.

헝겁쪼가리로
질끈 자기를 묶어
질질 끌고 가는 사람아.

짚검불 이고
칠월이 추워 겨울 코트 입은채
꺼덕이다 웃다가
도시 한가운데를 질러가는 사람아.

팽개쳐진 자유로
자기 매무새 챙길 줄 몰라
절인 지린내로
살아 있음을 깨우쳐 준 사람아.

쑥대밭 바람 · 1

바람이 바람의 흉내만 내고 있어.
푸르름 다 져서
꺾이고 자빠져 잦아지면서
발악을 하고 있어.
쇠어 쓸모없이 키 큰 쑥대밭엔
잡새들이 새똥만 갈기고 있어.
분질러진 뼈대마저 헝클어져
바람 아닌 바람 웅성거리고
삭지 않은 절망까지
묻지도 못하고 있어.

쑥대밭 바람 · 2

바람같지 않은 바람
어설퍼 구경만 했었어.
향내 풍기던 쑥들
누렇게 떠
검불 다 되어 있었어.
빛살 내려와
환히 비추어도
너덜거린 지저분함만
빛나고 있었어.
칼같은 눈빛들이
가까이서 지켜봐도
쑥대밭에선
엉킨 고뿔들이
가래침만 게워내고 있었어.

색칠

퍼덕이던 날개
맨 바닥에 긁히기만 한다.
빛깔없는 소리침으로
아픔 찍어내
허약함만 드러내는 흰 수건을
쨍쨍한 볕에 부시도록 말린다.
앞을 가리는 것들이
등 뒤에서 발을 동동 구르지만
누구도 모를 빈혈로
가슴만 헐어낸지 오래다.
얼굴 없는 바람벽에
어지러움만 더한 날들을
어떤 색깔로 이 막막함까지
칠할 수 있을까.

빛살을 주으면

잃어버린 날을 찾아
손 끝으로 헤이면
파랗던 기억들이
야윈 가을 나무로 선다.
밋밋한 햇살 몇 올 호주머니에 넣고
조용히 지켜보면
스러지던 빛들이 땅 끝 만큼
찬 비로 내린다.
바쁜 일상이
쉼 없는 갈잎 떨구고
그대 떠나는 뒷 모습도 보면서
쓰다 둔 파지의 흔적을 태운다.
잊은 날들이
기억조차 걷우어
빈 재로 날리는 날은
빛살을
쇠갈퀴 손이 되어 긁어 모은다.

노인

허리에서 굽은 세월
땅 밑으로 향했네.

칠십 여생 지팡이에
밝은 날 여위시고
풀끼 마른 열 손가락
이 세상 짚으셨네.

거세게 밀려오는
핵가족 과도기를
어찌 할 수 없어
노여움만 쌓여 가고

젊음을 불살랐던
지난 일을 되돌려도
꺼져가는 눈자욱에
노을빛 사위시네.

보리고개

— 외할머니

　그 고개 간들간들 숨차 오르시며 철없이 칭얼대는 손주들을 무명배 띠를 받쳐 업어주셨네. 솔껍질 벗겨다 생귀밥을 지으시고 누비솜방이로 추운겨울 견디셨네.
　뒤주 속 댓박으로 날 수 세시며 부황날 허기 달래 주셨네. 겨 죽도 부족해 끼니 거르시며 닭소리 새벽 회칠 때까지 닳아진 보선과 헌 옷가지 꿰매시다 이따금 가슴의 피 뒤틀리시면 까무라처 눕던 날 얽어 매셨네.
　흰 낭자머리 날마다 더해 가도 물동이 머리에 이고 가파른 언덕길 오르내리시고 물레를 자으시며 온 밤을 밝혀 날줄과 씨줄로 엮은 시름, 베틀가로 시렁 위에 얹어 두셨네.
　배고파 견디기 힘든 날에는 텃밭의 푸성귀 뜯어다가 맨 된장 쌈도 씨주시고 상치죽 쑤어 끼니 떼워 가며 숨찬 보리고개 간들간들 오르셨네.

어항 속의 법

어항 속의 실지렁이
살아 있는 것이라 느끼면 징그러워
그러나
아무렇지 않게 보면 괜찮아
눈썹끝만한 것들이
바늘 쌈지처럼 봉오리 되어 살아 있다.

고물고물고물
바늘집이
빨간 꽃보다 예쁘다.

그 전의 키스미는
이 어항 속에서
이삼 일 만에 살아 있는 바늘을
다 먹어 치웠다.
붉은 바늘 뿌리는 자란다.
먹는 자와
먹히는 자의 공생이다.

무제

그만 둔 시간은
담 밖에서 기웃거리고
헛되이 얹힌 일상은
팔려진 덤핑 물건처럼
한 나절의 시장끼도 채우지 못한 공복(空腹).
앞을 가리는 것 많아도
흔들림 없는 분별력은
없는 듯 살자고
가파른 변두리로만 내달은
맨 끝의 모호.
아픔만 출중하여
무적(無敵)으로 참아 온 시간들
그런 시간의 깊이로
새김질하여 모은 눈은
어디쯤에서
환한 빛이 될까.

세기의 끝과 시작

부황든 땅
한때의 획을 긋고
견디기만 하던 날들
눈부시게 야위었다.
기억들의 길바닥엔
멋대로 덮혀버린 낙엽송
온 땅이 새 길을 만들어
방향을 트는 비상의 날개짓.

두 얼굴

갈래갈래 흔들려 보이는 그대
미세한 세포까지 읽혀지는 그대
10의 끝에서부터
드러내보이는
그대의 내밀한 양면성
보이지 않아도
듣지 않아도
그대 얼굴빛 느끼지 않아도
하나부터 열까지 들켜버린 그대

가장 순수한 듯한 얼굴 뒤에 숨은
새까만 부분들이
날을 곧추 세우고 있는 그대

마침내
속 마음에서 끓던 뒤틀림이
새파란 아침을
스모그로 다 덮는 그대.

가을 몸살

환한 빛 속에 나는 없고
긴 여울목에 풀벌레 소리

푸른날의 푸르름
깊숙이 묻어 두고
어느덧
노을빛 타 들어와
도처에 떠도는 바람을 재운다.

눈 먼 시간 달려
등 헐리는 뿌리로 눈 뜨고
갈잎 수런거림에
덩달아 높아지는 저 하늘.

3. 더듬거리는 동안

지푸라기 같은 날에

좌절이고 눈물이고 슬픔이다.
저 깊은 늪속을 헤쳐 안간힘으로
단단한 땅을 딛고 일어서면
잠시 빌려 타고 지나는 바람이다.
잠시 묻어 내린 이슬이다.
스러지고 일어서는 어둠이고 빛인
그 속에
안개로 피어오르다 마는
없음을 없음으로 받아들일 수 없는
나의 몽상이다.
늘 건너가 확인해 보고 싶은
강 건너의 무엇들이
들뜨게도 하고 가라앉게도 하다가
우두커니 바라보게 하는 위안이다.
어둠 같기도 하고 빛 같기도 한 나날
검불 하나만큼도 못한 이치로
조락의 계절은 내 한가운데에 와서
떨어져 나가고

앙상한 가슴에 못질해대던 여름은
뒤꽁무니를 점점 감추어 갔다.
힘들 때마다 무거운 어깨 받쳐주던
큰 나무 하나
갈잎되어 베어져도
낄낄낄 웃으며 살아나는 시간의 바퀴
내 시(詩)의 고향은
늪에서 겨우 빠져나온 지푸라기다.

뇌사자(腦死者)

들것에 누워
심장박동을 재는 기기들 줄줄이 달고
훤칠한 얼굴의 노란 곱슬머리
핸들을 잡고
알 수 없는 주행 속도 속에 미끄러져
뇌는 망가지고
오장육부는 멀쩡하여
조만간 깨어날 것 같이 보이는
한창때의 젊은이
각기 다른 장기의 이식을 기다리는
수 많은 환자를 위해
산소호흡기를 떼어 내면
곧바로 숨을 멈출 뇌사자.
기적의 소생을 기다리는
에미 애비의 울부짖음
해는 저 혼자 밝아
고른 숨 불어 넣지도 못한다.
인터넷 전쟁이니 디지털 정보화니

온통 세상은 난리쳐도
시시각각 다르게
최첨단을 걷는 지구 어느 귀퉁이의
무료급식소 줄은 꿈틀거리며 이어지고
라면 국물에
담배를 입에 물고
일간지를 뒤적여 보는
먹고 마시고
배설하며 사는 시사적인 오늘의 상황
중병자실의 안과 밖의 숨쉬기.

중환자실에서

숨 잘 못쉬는 허파
구부리고 펴
단 하루라도
힘 있는 맥박으로 달아내고 싶다.

뼈와 가죽만 앙상해진
맥박을 짚어 보면
새 호흡기로 당장 바꾸고 싶다.

목을 짓누르는 세균 털어 내려고
약이란 약 다 써봐도
바늘귀만큼 뚫린 동맥과
목덜미 반점은 커가고

진료소 그 마저 아무 소용없음을 어찌할까

속수무책인 내 앞에서
하루면 몇 번씩

너는 까무라쳐 가도
건지지 못할 목숨 지켜보며
무너지는 가슴만 쥐어 뜯는다.

휠체어를 끌며

가슴과 어깨 얼굴의 눈까지
부어올라
숨 차 제 죽어가는 줄 모르는
미련스런 아우야.

숨돌릴 틈 없이
천 년 살듯이 바쁘더니
날개 부러뜨리고
두 손 바짝 올려 백기를 들었구나.

이젠
바퀴 달린 침대에 누워
체념해야 할 모든 것 붙들고
헛수고인 조직 검사 받으려
지하층으로 내려가는구나.

몸과 마음 다 눕혀
CT촬영 기계음에

푸른 천으로 얼굴 가리고
플라스틱 베개 베는 시한부 인생아.

1997년 9월 24일

시간은 날 굳은살로 멈추게 하고
살 터지는 바람 속을 견딘다.
가을 수레 타고 내려오는 하늘에
아우를 실려 보내고
손 한번 쓰지 못한 빈 손 붙잡고
하늘만 쳐다보는 어리석음아.
불덩이 든 속은 날마다
불지짐 하다가
오동나무 관 속에 드는 너를 부둥켜안고
싸늘히 식은 네 얼굴 내 볼 비비며 비비며
애간장 끓인다.

금박 호일 씌운 주사약병

머리칼 한올한올 뭉텅이 채 빠져
피폐한 시간을 메우고
물끼란 물끼 다 거두워가는
병실의 촛침소리.
몇 낮 몇 밤 세균과 겨루기도 지쳐
휠체어 타고
인공호흡기 코에 꽂고 지탱하는
이승의 숨 쉬기
몇 백년 살듯
숨 돌릴 틈 없던 바쁜 일손 버려 두고
갈길은 왜 이리 바쁜가.
창을 열면 유월의 신록이 손 뻗쳐
창 안을 환하게 들여다보는데
건너 갈 강은 깊어
금박 호일 씌운 주사약병 연결 끈이
앓는 이의
발목을 붙들고 있다.

진눈깨비

— 장년의 죽음

한창 때의 젊음
버려 두고
그대 이승길 빠져 나가는가.

혀가
목안으로 꼬여들던
그 해 여름.

문 안의 고삐 잡은
저승 사자
내쫓지 못해
억지로 끌려가는가.

어린 자식 못잊어
반 눈 뜬 그대.
다 살지 못한 그대 설움
진눈깨비 되어 내리는가.

빈집

그 사람이 허물고 간 자리
가기 싫어 몸부림치던 자리 안타까워
뜨락의 실버들도 휘도록 운다.

만가의 소리 가락으로
새벽이 와서
이 집 문고리에 매달려 운다.

그 만이 쌓다 만 성(城) 안에
손 때묻은 세간살이
제 자리 지켜도
쓸고 닦던 장농 윤기 반들거려도

슬픔만 붐비는
텅 빈 방에
젖먹이 아이가
낯선 이 등에서 뒤집어지게 보챈다.

더듬거리는 동안

치렁치렁
두 눈에 슬픔 매달고
순간 순간마다 속 끓이는 눈물.

퉁퉁 부운 얼굴로
출근부 도장을 찍고
업무지시 다 해놓고
병원 문턱 들어서자마자
단번에 중병 앓는 너.

목 줄 짓누르는 시신경
관절염 약을 먹다 안과를 다니다
견통에 부기 빠질
담방약 먹는 동안

의기양양한 세균들의
점령지만 확장시켜 주고

손 쓸 수 없는 지경에야
드러눕는
가슴을 치는 어리석음.

영안실

맥 끊어 버리면
그리 쉽게 오는 편안
종종거리던 일손
결국 헛손짓이었구나.
제끼어 간 날들을 낱낱이 펴 보아도
생각의 생각이 새끼를 쳐도
모두 다 소용 없는 애통함이구나.
흑백 사진틀 속의 넋이
삭아내리는 시간엔.

새벽 교통사고

힘차게 오토바이로 여는 새벽
소리 소문 없이 네바퀴에 치여
푹 쓰러지는 이 앞에
비상벨 차단기는 그냥 내렸다 올라가고.
두견새 우는 목멱산 관광도로에서
이승의 마침표 하나 찍고
저승 문턱 행간을 건넌다.

팔팔한 젊음
낭자하게 쏟은 숨자락
와르르 무너지는 아침 그만 두고
설겆이하는 붉은 해

아무렇지 않게
차량들은
병목현상을 일으키고.

안개밭에서

누가 뭐라 해도
조용히 묻히기로 했어.
후미진 길모퉁이
너도 돌아가고
찢긴 바람되어
너 잃은 서러움
함께 묻기로 했어.
매운 겨울 속
맨발로 걸으며
허망한 날의 누더기도
벗어버린 지금
구름인지 안개인지
에워싸인 침침한 이 길
가는 데까지 가기로 했어.

4. 갯지렁이 지나간 얼룩

찔레꽃

담장에 흰 홑청 걸쳤다.
푸르른 날을 조금씩 떼어내
강줄기로 펼치고
뜰안마다
흰 물살로 채운다.
열꽃돋은 가시
줄기 밑에 수없이 달고
심술난 바람도 비켜서게
금 빛 수술로 늦 봄을 꾸민다.

거미의 실

낡은 서까래 사립문 사이로
비어가는 날들을 일심으로 짜낸다.

한올 한올 자아내는 실가닥으로
둥지를 친다.
햇볕 지고
어둠에 잠들어도
시간의 흐름을 재며
별 뜨는 밤 이슬까지 얽어맨다.

발가락 사이 사이마다
걸려드는 날파리들을 먹이 삼아
삶의 의미로
얼룩진 맨 몸

비바람도 아랑곳 않는다.

제비꽃

햇살 잔등에 앉아
보라빛 고깔 쓰고
장고 춤 추다가
다듬이 소리 내다가
깨금발로
냉냉한 날씨 달래면
덩달아 노래하는 산골 물.

메꽃

더운 날을 머리에 이고
소쿠리에 새참 담아 가는
새악시 마음.

분홍빛 순수로
황사 바람 비켜앉아
화장끼 없는 눈웃음.

키 큰 바람
비를 몰고 와
가문 땅 적시면

여린 목을 뽑아
검불로 가려진 하늘 안아 내린다.

줄장미

계절을 바꾸는 반란
뜨거움으로 터졌다.
울 밖을 타고 넘어
고지를 차지하라.

빈틈을 주지 마라.
낭떠러지 벼랑 어디라도
시퍼렇게
오월을 점령하라.

개나리꽃

규방 속 아낙네 버선으로 머금어
사월의 생일 찾아
자즈러지는 노란 한(恨).

첫날밤
소박맞은 새색시 닮아
하나하나 뜯어 보면 볼품 없어도
무리 이뤄
흐드러지는 가는 허리들.

집집마다
어느 자리 가리지 않고
생울타리 되어서
뿌리 내리어
곳곳마다 봄눈 감치니
라일락 진달래
시샘하는 네갈래 꽃.

안개 잔치

물안개는 날개를 달고
뭍으로 뭍으로 오른다.
물 밑을 캄캄하게 버려 둔
밤이 되면
고기떼는
활기 찬 아가미와 지느러미로
자유를 헤엄치고
안개는 낮에 숨겨 주던
물풀과 강물까지 제끼고
떠도는 혼령처럼 사방 천지 휘덮어
자기만의 세상 만들어 낸다.

입춘 새소리

한 웅큼의 순수를
양지 바른 곳에 펴 널고
있는 듯 없는 듯한 수액 끌어 올린다.
층층이 얼어 그 물길 알 수 없는
빙벽도
길을 터서
노랫말로 풀어내면
늦 겨울 눈발도
맑은 물의 윤기로 보태어 준다.
마른 풀 잔뿌리에서
움추리던 숨소리 고르고
긴 밤 눈 뜬 슬픔
눈길에 내다 버리면
겨울새 입춘의 문턱 넘으며
깃 터는 소리부터 다르다.

들밤

텃밭 위에 붐비는 별들은
시골집 헛간에서 웅성이다가
냉이꽃 하얀 이슬로 내린다.
거슬러간 날들 되돌려
풀밭에 펴놓고
유년의 밭고랑에
진흙 밟는 맨발이 살갑구나.
쟁기질에 논물이 고이어
온 밤을 떼매어 갈듯
개구리떼 울음소리에
서면 신합리 자정이 깊다.

늦가을

몇 편의 서정을 안고
고속버스에 오르면
잠깐 동안의 만남이
등 뒤에서 아우성이다.

몇 킬로미터 주행에
안전벨트 묶으면
시트 커버에 쓰여진 약선전의 허구.

나는 물안개처럼 가라앉아
차창을 바라본다.

땡볕 먹고 자란
낫가리 볏단들.
엊그제 늦 장마에도
우리들의 양식이 쌓였고,

논밭 가

미류나무 이파리는

서둘러

겨울 준비에 비상을 걸었다.

잠자리에 들며

살아 있는 자유로 축낸 시간들
아침마다 못다한 일상의
틀에 묶이어
벌 서기로 뒤척이는 날
소리내지 않은
어둠 그 중간에는
서성이는 바람이
빈틈 없는 시간의 겉살만 만진다.
밑 없는 아픔 가출시키기 위해
또 다른 문틈을 열어
말없이 몸을 누이면
스스로 다스려지는
슬픔의 밑바닥도 가라앉는다.

몽산포 바다

땡볕은
타는 입술 부벼
맨살의 두 어깨에
문신을 그려 주고.

그 문신 때문에
밤에도
뜨겁기만 한 등을 타고
몇 날 몇 밤
아픔되어 쑤신다.

주황빛
몸살 앓은 바닷물은
지구의 등어리에 고이는 진물
마를 줄 모르는 진물이
밀려오고 밀려가며 영생을 꿈꾼다.

하찮은 물풀을

해조음으로 키워
물거품으로 버린 바닷가

파도로 끌려오는 몽산포 물살은
모랫벌에
물살 무늬 그려 놓고
억 만개의 시간을 질펀하게 눕힌다.

개펄

허무를 지고 누워
갯지렁이 기어 간 얼룩까지 보인다.

햇빛도
갯고랑에 발이 빠져
등을 감추는 가슴앓이

밀물이
대양의 밑 모를 이야기 끌고 와
썰물로 비워두고 가면
허기진 뻘밭 되어 거무스레 자빠진다.

해일의 몸짓에
헛물 켠 억만 개의 시간
밀어내어도 밀어내어도
허무의 두께만 게워 놓는다.

밤낚시

낮의 빛살들이
강 속에 숨었다가
밤 안개로 피어난다.
둔덕에 쪼그리고 앉아
낚시밥 드리우면
야광등의 찌는 어둠을 입질한다.
더러 잡힌 고기들이
수심 깊이 유영을 꿈꾸지만
그러면 그럴수록 지느러미만 찢긴다.
물바구니에 갇혀
숨 서서히 막혀도
강은 등만 보여 물주름 펴고
이 모두를 덮는 안개는
제방 넘어 들로 산으로 오르고 있다.

섬 · 1

가진 것 다 드러내
바다 한가운데에 펼치면
번쩍이는 그 마음 건지어질까.
안으로 쌓이는 그리움
해일로 부서지면
그와 함께 무너져 잠적할 수 있을까.
절벽을 타오르는 돌단풍아
낭떠러지에 매달려도
내 사랑 한 점 섬이 되어
깊은 물 한복판에 우뚝 설 수 있을까.

섬 · 2

온 몸 담그고
해일의 발톱에 조금씩 몸 줄인다.
의미 모를 미열로
밤낮없이 부대끼며 할퀸 자리
안개로 닦아 내도
흠 없이 뒤채기를 반복하는 파도.
눈 멀어 귀 멀어
골격의 골격으로 물속에 기둥 세우고
절인 세상 두께만큼 뭍으로 섰다.

섬·3

가슴 절여
날마다 물벽친다.
성애 낀 계절 헐어내
흰 거품 만들어 지우기의 반복이다.

갓길 둘레마다
뻘밭까지 쓸어 갈 듯
으르렁거리는 파도
해일의 몸살로 긴 꿈
수평으로 걸어 놓고
눈 먼 나날
밤마다 집어등에 실어 보낸다.

섬 · 4

가슴 속 바다 일렁인다.
폭풍주의보 없는
큰 물에
목선도 부서진지 오래다.

해일의 이빨로
잔잔한 가슴 찢고 찢어 조각을 낸다.
갈기를 세운다.
크나큰 배도 빠뜨려 보자며
다그쳐 때리고 덤비어도
쓸려가지 않은 섬
등대 불 켠다.

파도에게

오지 마 오지 마 소리치면
시퍼렇게 갈기 세워
쫓아오는 그대.

안 갈래 안 갈래 그냥 섰으면
안개너울로
흰 보자기 만들어 쓰고
내 발목 잡아 나뒹군다.

그러지 마 그러지 마
달래주면
돌 섬 뒤 바람까지 데불고 와
물벽치며 저만큼 달아난다.

꿈쩍도 싫은 나를 끌어당겨
엎어지며 넘어지며 앙탈부리다
제풀에 제가 꺾이어 자지러지는 그대.

밤바다에서

칠흑을 토해 내는 바닷물
등 켠 배들이 어둠을 수런거리게 한다.
돛대에 이름표 하나씩 내걸고
물길 가르며
미끼를 던져 고기 잡으면
해풍에 절인 가난 기워질까.

한 밤을 입질하는
날고기떼들에게
목에 찬 고단함까지 던져
새벽 달 건지면
파도의 층층대 타고
만선의 콧노래 불러질까.

5. 안개 속의 형상들

징소리

벽과 벽을 허물고
치는 대로 소리되어 퍼진다.

미망(迷妄)의 강을 건너
무성한 낱말들 데리고 간다.

알 수 없는 골짜기
샅샅이 뒤져
갇힌 혼들마저 깨운다.

깊고 긴 울림이
만 가지 생각을 지고
누구의 가슴 밑모르게 파고드나.

냉온 지대

부릅뜬 눈으로도
보이지 않는 벽 있어
먼지 털 듯 일상을 털고 나서면
유예되는 시간 사이로
끌어내릴 수 없는 하늘 끌어내
입자의 맑음으로 목욕한다.
우리가 일군 한 모금의 진실
목이 타다 지친 채 팽개쳐지고
뜨거운 신열로 터널 속을
아직 달리지만
빛나던 처녀림 한가운데엔
마른 버짐같은 해가
혈청색 눈 비비고 있다.

찬 이슬 먹고

등성이를 오른다.
오르는 등성이에는 바람도 많다.
찬 이슬 먹고도
사계절 싹을 틔우고 꽃을 피우는
나의 열매는
작은 풀꽃이 되어
깊은 뿌리를 내린다.
날마다 부는 바람에 엎디어 흔들려도
맑은 하늘과 어둔 구름을
비로 내리게 하여
목마른 이의 목을 축인다.
투망질한다.
언어의 그물을 사방에 펼치어
빛나는 시어를 건지어 내는 날에는
저 우주도 함께 덩달아
내 작은 가슴 안에 맥박되어 뛴다.
고르고 차분한 설레임 끊임없이
뛰게 하기 위해

잡풀을 뽑아 주고 물을 주어
애써 가꾸는 이 작업
춥고 더움을 가리지 않으리라.

안개 속의 형상들

이상하다.
보이지 않으면서
숨이 답답하게 억누르는 건 무얼까.
어떤 불균형의 현상이
스모그의 기류같은
모든 사물의 희미함
그런 희미함에 갇혀
무너질 듯한 지금이 소음에 빨려들고 있다
수시로 밝혀 낼 수 없는 무엇들이
한낮에도
자욱한 안개되어 내려 덮이는 한기
일상의 발목이 삐져 비틀거리듯
사방의 어둠이 사슬되어
온 몸을 동여맨다.
이건 무얼까.
무너질 듯한 이 고통을 알 수 없어
아픔을 가슴 밖으로 밀어내면
앞장서는 안개 속 어둠이 희미하게 이끈다.

약간의 그리움 그런 것들은
뒷켠 숨은 빛되어
건져내기 싫은 기억 밖으로 떨쳐 버리고
한 치 앞을 가린 사각의 기둥이
우뚝 선 벽 벽 벽
잡히지 않은 형상들이
아우성치는 한낮에
해도 놀라 숨어 버렸다.

불면증

입 안 가득 모래 투성이다.

간 밤 허물어
꼬박 새운 아침은
모래성을 쌓다 그만 둔 자리다.

하루를 맞서기 위해
낮과 밤을 짓이겨
내일의 집짓기다.

안녕을 꿈꾸기 위해
바람의 통로를 막고
단열 효과 높이어
어둠까지 뜨겁게 달구는 일이다.

으깨진 해를 눈안에 담고
날이 새도록 쌓아 보는 모래성
아 새날의 눈 뜨기다.

풀무질

어둠과 빛을
창 틈서리가 살라 먹는다.
곤히 잠든
우기의 새벽을 깨운 날은
먼 기억의 둘레마다
등불 켜
생각의 깊이를 꾀하고
떠드는 낯선 말들이
손을 잡는다.

언 땅 아래 스민
겨울 입김이 싫지 않게
온기로 바뀌는 것은
올곧은 뿌리들이
얼음 벽 속에서도
열심히 풀무질하기 때문이다.

말 없는 언어

치장 하나 안해도
여기 단단하게 설 수 있는 것은
너 때문이다.

늦 볕 아래
되도록 곱고 순한
사랑의 말을 짜
말 수를 줄인다.

서두름 없이
눈짓 하나로도 언어의 수를 놓고
곤두박질치는 마음 다스릴 줄도 안다.

거칠어
발디딜 틈 없는 척박한 땅일지라도
네가 있으므로
평정을 지키는 슬기가 생기고
미움을 아량으로 바꿀 줄 아는

너그러움이 있다.

곁 곱게 나 여기 서 있음은
네가 줄곧 보내는
다순 눈빛 때문이다.

순간을 딛으면

아침 해는 하늘을 밀어 올리며
지연(紙鳶)이 되어 떠오르고

밑 없는 어둠은
소시민의 얼룩이 되어
낮 달 그 위로
백지장같은 웃음이 된다.

날마다 엮어질 새 기대는
눈 부벼 바라보는
한 꺼풀의 진실성

한낮은
무늬진 추상의 그늘을 만들고
시샘처럼 달리는 노을을 본다.

고막 캐기

개흙이 켜켜이
무릎에서 가슴까지 덮는다.
실금 가는 구멍마다
손가락 넣으면
고막들이 검은 흙을 뒤집어쓰고 나온다.
낱낱이 훑어가는 발자욱마다
묻어나는 삶의 여울목
고무장화를 겨드랑이까지
높이 신어도
휘어지는 허리 늑골 사이마다
식은 땀 배어들고
등짐 무게만큼
씻겨가는 시간의 두께.

청개구리

뉘우친 끝날에도
불효는 서러워
파란 몸 붉게 태워 우누나.

그 울음
산을 움직여
하늘도 움직여

구름도 가다간
멈추게 하고
해도 울리니
효바람 되돌아 와 같이 우는 소리.

시냇물도 덩달아
빈 가슴 메워 가고
겁나도록 넘쳐나는
저 눈물 바다에
불효는 서러워

뉘우친 끝날에도.

썰물

지지고 볶으며 사는 일
억울해서
지아비 허리띠 잡고
울며울며 대들다가
제 풀에 제가 꺾인다.
남빛 치마자락 하늘하늘 날리더니
무담시 앙탈부려 나뒹굴다
소리소리 지른다.
물안에 들어앉은 섬가에 와서는
변두리만 살짝살짝 건드려보다
꿈쩍도 아니함에 흰 이빨 갈더니
저절로 꼬꾸라져 이리저리 헤맨다.
너그럽고 큰 가슴 어디 두고
사납게 밀고 끌며 몸부림치다가
괜히 토라져
뒷걸음치는 저 꼴 좀 보아.

나는 아직 날개를 접지 않는다

허구헌 날 얼음기둥 세우면서
찬 공기 속을
먼지 하나로 떠다니기로 했어.
빈 들과 빈 산
보이지 않은 바람되어
늪지나 풀숲 어디든 가로질러
쉬고 싶을 때 쉬기로 했어.
지금까지 옭아맨
질긴 끈 끊고
꿈자리 뒤바뀐 한 층 위에서
높으면 높은 대로 낮으면 낮은 대로
아량의 날개 접지 않기로 했어.

겨울 나무

푸른 날의 방황과
모든 열망 안고 지고 나면
아득한 시간의 발자욱 소리
숱한 낱말 덮고
맨 바닥에 누워 썩는 일이다.
씨앗과 뿌리
언 땅 깊이 묻고
안개밭을 휘젓고 다니는 미망의 나날.
마른 가지 등걸마다
칼바람 온 몸 할퀴어도
끔쩍않는 불씨 하나 안고
거듭거듭 참아내기다.

6. 시를 위한 산문

맨살의 글

버려야 할 것은 버리고, 키울 것은 키우기 위해 껍질을 벗기고 벗겨도 달라질 상황은 아니다.

용머리로 일어서는 목멱산의 새벽길을 달려 물구나무서서 솔숲을 꺼꾸로 딛고, 내려다 보는 맨흙의 찬 기운.

안개로 피어나는 마른 풀 사이의 아침은 터널과 터널 사이를 통과하는 차량들의 분주함에 포함된다.

덤프트럭에 실려가는 검은 흙더미와 포크레인에 떠밀려 파헤쳐진 맨땅의 상채기, 모래와 시멘트 가루를 짓이겨 쏟아붓는 레미콘의 거대한 몸통, 그러한 아파트 공사장을 돌아 콘크리트 숲에 자리잡은 내 창 안의 실내, 그 실내의 커튼 사이로 내려다보이는 시야 밖의 시야에는, 번지수가 다른 미 8군에 소속된 미류나무의 잎진 가지가, 휑 뚫린 하늘을 떠받치고 있음을 물끄러미 바라본다.

맨살의 글을 쓰기 위해 흔들리지 않는 뿌리를 적막한 땅 아래로 내리고, 골목 어귀에 서 있는 한그루 나무처럼 튼튼하게 서 있는 내 자신을 확인하고 싶다.

자질구레한 일상의 때와 한 치의 앞을 잴 수 없는 미지의 꿈을 꾸는 나, 또렷하고 더욱 알찬 열매 익게 하려는 부단한 자아(自我)다. 나의 시는 바람 잘 타는 가지가 되어 추위에 온몸 떨지만, 높은 하늘의 빛부심과 갈참나무의 이파리 하나에까지 이르고 싶어 한다. 뿌옇게 내리는 황사 바람도 어리석을이만치 천진무구한 내 시정신에 박수를 보낸다. 남 보기엔 공소한 웃음거리가 될지라도, 슬기로 그런 온갖 것들을 너그럽게 내 안에 받아들여 한 그루의 크나큰 나무로 키워 보고자 한다.

풀꽃같은 웃음 잃지 않으려 안간힘을 쓰고 있지만, 그때마다 등 돌려 외면하는 사랑스런 사물 앞에서 언제나 나는 곧잘 비틀거리거나 자빠지며 몸살 앓기가 일쑤다.

그럴수록 곧게 일어서는 내 영혼의 자유스러운 눈뜸. 이것이 곧 내 시적 삶이다.

암울한 현실의 참담함에 부딪쳐 보행마저 불편한 외진 골목의 질척임에도, 늘 그런 상황에 휩싸여 숨통 조

임을 당해도, 그 아픔 딛고, 하늘까지 올라 딛고, 다시
일어서는 물구나무서기의 반복, 그런 반복으로 나는
거듭 태어난다. 다시 태어날 때마다 시를 얻는다.

그렇다. 그 어떤 무엇도, 내게 그 어떤 덮씌우는 곤욕
스러움도, 나를 다시는 넘어뜨리지 못하리라. 정신적
싸움을 걸어오는 것은 늘 그쪽이기 때문에.

그럴 때마다 나는 아무도 없는 뼈아픈 현장 한가운데
에 서서 어깨를 짓누르는 그들의 정체를 밝히기 위해
안간힘을 쓴다. 그럴때면 아우성치는 편린의 고통들
앞에 나는 절뚝이면서도 금을 캐듯 그 원인들을 캐내
어 소중한 나의 시적 자료의 공급원으로 삼는다.

이 겨울 언 땅 씨눈을 키워 싹틔울 준비에 항상 바쁘
다. 사시사철 봄 나무처럼 이 삶의 이율배반적인 모순
앞에서 전신투구 미지의 시신(詩神)에게 도전할 것이
다.

이제 정오를 넘어 노을로 접어드는 해를 바라보며,
숙연해지는 처연함도 함께 지닌다. 그러나 어떠한 위
치의 생활 배경에 처해도 이 시대의 공해 가득한 정신

적 불모지에 산소같은 시를 공급하고자 애쓸 것이다. 더우면 더운 대로, 추우면 추운 대로 당당한 한 그루 나무로 서 있을 것이다. 새들이 날아와 앉아도 좋을―.

늘 바람 센 난간에서 궁핍의 옷가지를 꿰매며 살지라도, 끝없이 내 자신과 싸워 이길 수 있는 피말리는 작업을 계속할 것이다. 그리하여 내 정신적인 아들 딸들을 푸르게 가꿀 것이다.

땅거미 지는 서울 한복판에서 강남 강북을 이어, 차들은 잠수교 아래로 불기둥을 세워 불바다로 뒤엉켜도, 미 8군 담벼락에 쳐진 철조망 위에는 보안등이 환히 켜져 있다. 그 아래 총 맨 카츄샤 보초병들이 꾸벅꾸벅 조는 구역 밖에서, 나는 책을 읽고 또 읽으며 밤마다 실내등을 보안등 대신 환하게 켜고, 밑 모를 이 시대의 어둠을 담장 밖으로 밀어내며, 몇 편의 건강한 시를 기대한다.

특별 보너스같은 윤달에

와 와 여름 군단이 나뭇잎 되어 푸르게 피어오르고 바람이 등 돌린 곳마다 햇볕 내려와 지상의 오염된 먼지와 황사 바람도 닦아 낸다.

강물은 부신 햇살 받아 더욱 쉼없이 출렁인다. 인간이 마구 버린 폐수의 찌꺼기로 여윈 가슴의 검은 얼굴빛을 띠지만, 강심의 주름살 씻어 내고 씻어 낸다.

무엇이 그로 하여금 물풀 쓰다듬어 귀기울이고 흰 빛의 투명함으로만 아름다운 물기로 피어나게 하는가. 늘 맑은 영혼으로 너는 깨어 아버지의 아버지, 그 아버지의 아들 그 아들의 내력을 손자의 손자 가슴에 담고 먼 먼 날들의, 기억의 둘레를 돌아 한결같은 맑음을 일구고 있는가. 바람 잔잔할 때나 바람 거셀 때도 그 얼굴의 그 얼굴로, 말없는 내력의 내력을 물길로 뻗어가는가. 저마다 거룩한 체 잘난 체하는 사람보다 덜 된듯한 어수룩한 사물을 더 좋아하며 숲 바람 마시며 발길 어디쯤 옮겨 나는 여기까지 왔을까.

녹색의 손을 펴 특별 보너스 같은 윤달의 바람에 외꽃 노랗게 피어난 손가락 끝마다 허리 펴는 시간들이 담금질을 한다. 파라핀 냄새에 화약을 묻혀 내는 빨갛고, 노랗고, 검은 성냥 끄트머리, 아교질 묻은 손 끝 사이마다 끈적이는 이승의 삶. 그 속에 굿거리 장단같은 시가 지천으로 널려지는 요즈음 풍경.

컹컹 헛구역질이 난다. 갈참나무는 속잎파리 피다말고 무담시 떨어지는 이 초여름에, 가뭄비 사나흘 내려 맨 몸 다 젖어도 나는 마음 둘 곳 어디에도 없다. 다만 옆구리에 낀 낙엽송 몇 개 외우며 발길 닿는대로 가고 싶을 뿐. 그러나 재기발랄하게 나와의 싸움에서 이겨, 자 이제 더운 바람 마시며 지울 건 지우고, 건질 건 건지어 흐트러진 머리칼도 가지런히 빗고, 무거운 머리 속도 가볍게 비우자. 비운 마음에 한낮의 고요를 마시면 한 점 점 하나로 나는 가라앉아 "공기처럼 가볍게" 유년의 보리밭이 보인다.

시 쓰기의 바른 자세
그리고 상상력의 구체성

시 쓰는 일을 가리켜 '사물의 본질을 추구한다' 라고 말했던 시인이 있었다. 철학자나 과학자가 해야 할 몫이 시인에게도 적용된 셈인데, 이 말은 지금도 여전히 중요하다고 생각한다. 다만 시인은 철학자·과학자와는 달리, 사물의 본질을 추구해서 규명해 보이려는 것이 아니라, 사물을 새롭게 '해석' 해 보인다고 하는 것이 더 적절할 것같다. 철학이나 과학이 객관적인 논리·합리·당위로 사물의 본질을 드러낸다면, 시는 오히려 주관적인 감정·체험·상상력을 통해 사물의 본질을 자유롭게 해석하는 것이기도 하다. 시인의 이 같은 해석이 객관적인 호소력이나 설득력을 얻는다면 더 바랄 것이 없겠고, 그렇지 못하다 하더라도 어쩔 도리가 없다. 시가 가는 길은 어차피 외로운 스스로의 길이기 때문이다.

외롭게 가는 길에 자유가 꽃을 피운다. 외로움 속에

서라야 상상력은 날개를 단다. 외로움과 함께 내가 감
으로써 사물이 상식의 틀을 깨고 걸어나오는 것을 본
다. 내가 나를 새롭게 들여다보는 눈이 한결 밝아진
다.

임지현(林知賢)시인의 네번째 시집〈나는 아직 날개
를 접지 않는다〉의 원고를 읽으면서, 새삼 이런 생각
을 하는 것은, 임시인 또한 외롭게 가는 자유가 아름다
운 것임을 믿는 시인이라고 확인할 수 있었기 때문이
다. 그의 아름다움은 행복하고 밝고 화사한 것이 아니
다. 어딘가 우울하고 슬픈 아름다움이 잔물결처럼 밀
려온다.

이런 편안한 밤에는
희끄무레한 불빛 형광등도
끄고 싶지 않아
밤이 깊도록
하루가 넉넉하다.

— '퇴근길' 부분

평범한 일상사의 행복해 보이는 정경이지만, 그 밑바
닥을 흐르는 연민 같은 것이 감지된다. 왼종일 살림살
이에 부대끼다가 한숨 돌린 아내는 퇴근길의 남편을

기다린다. 남편이 저녁 식사를 끝내고 숭늉을 올리고 난 뒤의 평안한 분위기 속에서, 화자는 밤이 깊도록 불을 끄고 싶지가 않다. '나'의 자유가 고개를 쳐드는 순간이다. '이런 편안한 밤'은 아마도 날마다 계속되는 밤은 아닐 터이다. 아니 어쩌면 더 불편한 밤이 많았을지도 모른다. 우리네 대부분의, 도시 서민들의 삶이 그러한 것처럼 하찮고 조그마한 것에서 '하루가 넉넉하'게 위안을 받는 모습이 한폭 수채화처럼 담백하다.

　이 시집에 실린 임지현씨의 작품들은 그 주제에 있어 크게 네가지로 분류할 수 있을 것 같다. 첫번째는 도시적 삶과 생활 주변에서 관찰되는 소박한 정서들, 두번째는 섬·바다·산을 돌아보거나 여행을 하면서 얻어진 시편들, 세번째는 사람과 시의 본질을 천착해 보려는 노력의 소산들, 네번째는 사람의 질병과 죽음, 그리고 불안에 대한 체험적 작품들이다. 어떤 주제를 다루었든 간에, 임씨 특유의 리듬과 언어에 대한 엄격성이 잘 드러나고 있다. 말을 이리저리 비비꼬거나, 이상하게 수식하는 따위의 기교를 그의 시에서는 찾아볼 수가 없다. 그만큼 자기 감정에 정직한 시인이라고 말할 수 있겠다.

낡은 서까래 사립문 사이로

비어가는 날들을 일심으로 짜낸다.

한올한올 자아내는 실가닥으로

둥지를 친다.

햇볕 지고

어둠에 잠들어도

시간의 흐름을 재며

별 뜨는 밤 이슬까지 얽어맨다.

— '거미의 실' 부분

가진 것 다 드러내

바다 한가운데에 펼치면

번쩍이는 그 마음 건지어질까.

안으로 쌓이는 그리움

해일로 부서지면

그와 함께 무너져 잠적할 수 있을까.

절벽을 타오르는 돌단풍아

낭떠러지에 매달려도

내 사랑 한 점 섬이 되어

깊은 물 한복판에 우뚝 설 수 있을까.

— '섬 · 1' 전문

　‘거미의 실’은 우리가 흔히 관찰할 수 있는 거미 집짓기의 본질을 새롭게 해석한 작품이다. ‘비어가는 날들을 일심으로 짜낸다.’와 같은 표현에서 임시인의 관찰이 예사롭지 않다는 것을 읽게 된다. ‘비어가는 날들’은 아마도 거미줄과 거미줄 사이의 비어있는 공간, 이쪽저쪽의 공간일지도 모른다. 그러나 나로서는 화자의 마음 속의 공허가, 거미줄 공간과 시간을 빗대어 나타난 것처럼 보인다.

　거미가 거미집을 짓는 것은 생존을 위한 본능·본질적인 행위이다. 그의 몸에서 전심전력으로 뽑아내는 미세한 실로, 끊임없이 원형의 선을 만들고, 이것들을 서로 얼키고 설키게 ‘얽어맴’으로써 먹이가 걸려들기를 기다린다. 그러므로 이것은 ‘삶의 의미’가 된다. 일견 그냥 지나쳐 버리기 쉬운 거미 집짓기를 관찰하고, 이 관찰을 통해 삶의 뜻을 새삼 깨닫게 되며, ‘비바람도 아랑곳 않는’ 초연한 가치를 획득한다. 거미집은 거미의 모든 세계라고 할 수 있다. 이 세계를 들여다보는 인간인 ‘나’의 감정은 이 시에 드러나 있지 않다. 그러나 어쩌면 거미는 곧 화자 자신일지도 모른다는 생각에 우리는 도달하게 된다. ‘비어 가는 날들’이라거나, ‘한올한올 자아내는’, ‘시간의 흐름을 재’는 들의 표현에서 이 시인의 일상적인 삶을 환기해 볼 수도 있겠다. '비어 가는 날들'의 그 삶을.

'섬·1'은 획득과 소멸의 아름다움을 일깨워 준다. 이 시에서의 '그'는 곧 나의 '사랑'이다. '그'라는 삼인칭은 지금 나의 곁에 자리하고 있지 않다. 그러기에 항상 '안으로 쌓이는 그리움'일 뿐이다. '나'는 내가 가지고 있는 모든 것을 바다에 펼쳐서 마치 물고기를 잡는 투망과 같이 넓게 펼쳐서, '그 마음'을 건지고 싶어 한다. 그것은 바람일 뿐 실현될 가능성이 없을지도 모른다. 그럴 바에는 차라리 '나'의 그리움과 사랑이 '해일로 부서'져 '그와 함께' 사라져 버리는 것이 더 좋은 일이겠다. 아름다운 물귀신 작전이다. 시인은 문득 해안 절벽에서 불타는 단풍을 본다. 투망을 펼쳐서 건져 올릴 수도 없고, '함께 무너져 잠적할 수'도 없다면 '나' 또한 저 해벽(海壁)에 매달린 존재라고나 할까? 매달림은 곧 추락이라는 상상을 불러 일으킨다. 추락은 죽음을 의미하는 것이고, 그 죽음은 이어 '한 점 섬이 되어' 바다 가운데에 서 있는 것을 바라고 있다. 섬은 그러므로 새로운 탄생이자 극복이 된다. 획득과 소멸 다음에 오는 변증법적 지양이라 할 수 있다. '그'에 대한 사랑과 그리움을 바다 ― 펼침 ― 해일 ― 잠적으로 연결시키고, 이것을 다시 '섬'으로 환생시

키고자 하는 시인의 내밀한 꿈을 잘 보여준 작품이다.

도르레 타고
흔들리는 세상 내려다본다.
아슬아슬한 생
한 손은 때묻은 벽 닦아내고
다른 한 손은 수성페인트를 바른다.

날마다 보이는 벽과
보이지 않는 벽 사이를 오가며
땀흘리는 이 짓이
힘든 세상 깨끗함으로
바꾸는 일이라고
혼신으로 밧줄에 매달려
색칠의 색칠로 덧칠을 한다.

— '칠쟁이' 전문

삭아버린 햇볕
비닐가방에 쑤셔 넣고
길바닥에 주저앉아
히죽이는 사람아.

헝겊 쪼가리로
질끈 자기를 묶어

질질 끌고 가는 사람아.

— '팽개쳐진 사람' 부분

지지고 볶으며 사는 일
억울해서
지아비 허리띠 잡고
울며불며 대들다가
제 풀에 제가 꺾인다.
남빛 치마자락 하늘하늘 날리더니
무담시 앙탈부려 나뒹굴다
소리소리 지른다.

— '썰물' 부분

　여기 인용된 세편의 시는 우리가 살아가는 동안 쉽게 목격되는 '사람들'에 대한 시인의 관심과 애정이 담긴 작품들이라고 할 수 있다. 나 뿐만이 아닌 타자(他者), 또는 인간 일반에 관한 성찰은 모든 시의 과거와 현재가 그러했듯 앞으로도 무궁무진한 시의 주제가 되리라고 생각한다. 타자는 자기와는 다른 사람이기 때문에, '나'는 항상 그 타자에 대한 호기심과 탐구심을 지니기 마련이다. 타자의 일들을 주의 깊게 살피며, 그의 몸짓 하나, 생각 하나까지를 추적해 봄으로써 시인은 진정한 자아(自我)와 동질성을 확인하기에 이른다.

임시인에게 있어 타자는 결코 세상의 잘나거나 똑똑하거나, 많은 것 가진 사람들이 아니다. 그가 탐구하고자 하는 사람들은 못나고 어리석고 가진 것 없는 사람들이다. 이런 사람들에게서 그는 인간을 본다.

한가닥 밧줄에 매달려 고층빌딩을 닦고 칠하는 '칠쟁이'를 통해 그는 세상의 흔들림을 발견한다. 허공에 내려뜨려진 밧줄은 바람이 불 때마다 흔들거린다. 거기 매달린 사람도 물론 흔들거리기 마련이다. 사람이 흔들거린다면 그 사람이 내려다보는 지상의 모습도 흔들거리지 않을 수 없다. 단순한 물리적 현상이지만 시인은 거기에서 정신적 가치의 '흔들림'까지를 읽는다. 이 시에서의 흔들리는 '세상'은 곧 뒤에 나오는 '힘든 세상'이다. 힘든 세상은 어쩐 일인지 깨끗하지가 못하므로, '깨끗함으로 바꾸는 일'이 중요하다. 이 중요한 일을 이름 모를 칠쟁이가 하고 있다. 그것도 아슬아슬하게, 혼신의 힘을 다하여.

'보이는 벽'과 '보이지 않는 벽'은 무엇일까? 보이는 벽은 물론 고층 건물의 외벽을 말하는 것일 게다. 보이지 않는 벽은 어딘가 우리가 쉽게 쓰는 '마음의 벽'을 연상시킨다. 사람과 사람 사이의 소통이 되지 않는 벽,

사람과 세상 사이의 단절된 의식, 사랑과 미움, 기쁨과 슬픔 따위의 상반된 감정도 모두 마음의 벽에서 나온다. 그 '벽 사이를 오가며' 칠쟁이는 깨끗하지 못한 세상을 깨끗한 세상으로 바꾸기 위해 땀을 흘린다. 고단한 삶을 영위해 가기 위해 일하는 사람과, 그 일에 대한 열렬한 애정이 묻어 있는 작품이다.

'팽개쳐진 사람' 역시 도시 빈민, 또는 거지, 행려병자, 정신병자 들에 대한 연민과 동정이 짙게 배어 있다. '삭아버린 햇볕'과 같은 표현에서, 이미 많은 시간을 소모해 버린 사람의 기진맥진함을 떠올리게 된다. 그 사람은 '길바닥에 주저앉아 히죽이'며, 자기를 '질질 끌고 가는 사람'이다. 칠월 더운 날씨에도 두꺼운 겨울옷을 입었기에, 칠월도 그 사람에겐 추운 계절이라고 시인은 단정한다. 팽개쳐진 사람이기에 그 사람은 자유로운 듯이 보인다. 거칠것이 없고 거리낌이 없다. 누구에게 잘 보이려고 '자기 매무새 챙길 줄'도 모른다. 그러나 그 사람의 '절인 지린내'를 통해 '나'는 살아 있음을 깨우친다. 싫고 지저분하고 혐오 받아 마땅한 것이 있었기에, 사람은 스스로를 돌아보게도 된다.

'썰물' 또한 우리 사회에서 쉽게 볼 수 있는 가정부인의 한 초상화이다. 삶이 어려워서 남편에게 대들고, 앙탈을 부리며, 제풀에 꺾여 뒷걸음치는 모습을 바다의 썰물에 빗대어 표현하고 있다. 어렵게 살아가는 사람들의 정경이 썰물보다 더 절실하다.

이 시집의 한 부분에는 '새벽 교통사고' '중환자실에서' '뇌사자' 등 10여편의 질병과 죽음에 관한 시편들이 실려 있다. 임시인의 개인적·가족적 수난 체험과 관련이 있어 보인다. 가까운 사람이 죽어갈 때, 또는 고통으로 괴로와 할 때, 그것을 지켜보는 사람의 아픔은 당사자 이상의 것이라고 할 수 있다. 가슴이 찢어질 것같은 그 정신적 고통의 순간 순간들이 이 시편들에 용해되어 있다.

가슴과 어깨 얼굴의 눈까지
부어올라
숨 차 제 죽어가는 줄 모르는 미련스런 아우야

숨돌릴 틈 없이
천년 살듯이 바쁘더니
날개 부러뜨리고
두 손 바짝 올려 백기를 들었구나.

— '휠체어를 끌며' 부분

그 사람이 허물고 간 자리

가기 싫어 몸부림치던 자리 안타까워

뜨락의 실버들도 휘도록 운다.

만가의 소리 가락으로

새벽이 와서

이 집 문고리에 매달려 운다.

— '빈집' 부분

화자는 휠체어에 실린 동생을 내려다 본다. 자기가 죽어가는 줄도 모르는 아우, 그 아우의 지난날 삶이 아깝고도 불쌍하다. 이렇게 죽어갈 줄을 모른 채 아우는 '숨 돌릴 틈 없이' 바쁘게만 살아오지 않았던가. 천년이라도 살 것처럼 바쁘게 일만 하지 않았던가. 그래서 '미련스런 아우' 임에 틀림없다. 날개가 부러진 삶은 조만간 죽음에 이를 '시한부 인생' 이기도 하다. 마침내 죽음이 왔으므로, 동생이 살던 집은 '빈집' 이 되었다. 그 죽음이 안타까워 '뜨락의 실버들도 휘도록' 울고, 새벽도 '이 집 문고리에 매달려 운다.' 스스로의 슬픔과 울음을 뜨락 실버들의 휘어짐에 비유하고, 문고리에 매달려 우는 새벽에 비유함으로써 감동적인 시적 성취를 보여주고 있다.

이 시집에 실린 임지현씨의 작품들은 이처럼 거개가 생활 체험에서 우러나온 것들이 많다. 그러나 이 체험들은 담담한 기록으로 그치는 것이 아니라, 그 체험의 본질을 새롭게 탐색하려는 노력으로 일관되어 있다. 우리가 살아가는 동안 무심히 지나쳐 버리기 쉬운 사물들에, 임시인의 눈길이 머물고, 그 눈길은 접을 수 없는 상상력의 날개를 퍼득여 날아가고 있다. 그러나 임시인의 상상력은 황당무계하게 뻗어가는 것이 아니다. 조심스럽게 상상력의 촉수가 사물을 어루만지고, 그 반응을 살피면서 구체성을 얻어 간다. 상상력이 구체성을 얻을 때라야 시는 읽는 이들의 가슴을 울리게 된다. 이같은 단계는 누구나 쉽게 도달할 수 없는 것이다. 시와 언어를 매만지는 임시인의 바른 자세와 태도에 뜨거운 박수를 보낸다. 더욱 정진이 있기를 빈다.

이 성 부 (시인)